Mi dragón y yo

David Biedrzycki

⌂ Charlesbridge

A mis amigos de la escuela Ledyard Center, donde comenzó todo
—D. B.

Translation copyright © 2014 Charlesbridge; translated by Yanitzia Canetti
Copyright © 2011 by David Biedrzycki

Published by Charlesbridge
85 Main Street
Watertown, MA 02472
(617) 926-0329
www.charlesbridge.com

Library of Congress Cataloging-in-Publication Data
Biedrzycki, David.
  [Me and my dragon. Spanish]
  Mi dragon y yo / David Biedrzycki; traducido por Yanitzia Canetti.
     p. cm.
  Summary: A boy tells all the reasons a small, fire-breathing dragon
would make an excellent pet, and the ways he would take proper care
of it if he had one.
  ISBN 978-1-58089-693-1 (hardcover)
  ISBN 978-1-58089-574-3 (softcover)
  ISBN 978-1-60734-637-1 (ebook)
1. Dragons—Juvenile fiction. 2. Pets—Juvenile fiction. [1. Dragons—
Fiction. 2. Pets—Fiction. 3. Spanish language materials.] I. Canetti,
Yanitzia, 1967- II. Title.
PZ73.B523 2014
[E]—dc23   2013004295

Printed in Singapore
(hc) 10 9 8 7 6 5 4 3 2 1
(sc) 10 9 8 7 6 5 4 3 2 1

Illustrations done in Adobe Photoshop
Display type set in Jellygest by Jakob Fischer at
  www.pizzadude.dk
Text type set in Providence Sans by Guy Jeffrey
        Nelson, FontShop International
     Color separations by Chroma Graphics,
        Singapore
     Printed and bound February 2014
        by Imago in Singapore
     Production supervision by
        Brian G. Walker
     Designed by Diane M. Earley

Las exóticas mascotas de Edy

ABIERTO

Algunos niños quieren un
perro. A otros les gustaría
un gato. Yo quiero . . .

¡un dragón!

Pero no un dragón grande. Un dragón grande no cabría en mi casa.

Tampoco quiero un dragón de tres cabezas. Puede que no se lleven bien unas con otras.

Prefiero un dragón que eche fuego.

Antes de traerlo a casa, lo llevaría a un chequeo médico. Sostendría su mano y le diría que es un dragoncito muy valiente.

Me aseguraría de que el doctor le diera luego un par de paletas de caramelo.

Los juguetes de Edy

De camino a casa,
él podría ir a mi lado,
si papá y mamá me
dan permiso.

Le daría un nombre,
un lugar para estar
y algunos juguetes
para que juegue.

Cuando ya estuviera listo,
le enseñaría a volar.

La compraría un collar y una correa.
Entonces lo sacaría
a dar una vuelta
cada día.

Y si fuera un dragón travieso . . .

...tendría que mandarlo a la escuela.

Escuela de Obediencia
de Edy

Después de que aprendiera a comportarse, podría llevarlo a acampar en verano

y a tocar puertas para pedir caramelos en otoño.

En invierno, podríamos limpiar el acceso a la casa de los vecinos.

Pero no podría
llevarlo a volar cometas
en primavera.

Si perdiera el autobús, él me ayudaría a llegar a la escuela justo a tiempo para jugar a "muestra y cuenta."

Tema de hoy:
Las personas y sus mascotas.
Tu mascota favorita,
¿Qué animales pueden ser buenas mascotas?

Esta semana: Muestra y cuenta
hoy—Hameer
mañana—Megan
miércoles—Robbie
jueves—Chl
viernes—S

Hameer

¿Abusadores

Si tienes un dragón, no necesitas preocuparte de los chicos abusadores.

¡Genial!

Tampoco tienes que preocuparte
de las coles de Bruselas. A los
dragones les encanta.

(Pero no se te ocurra darles
brócoli; les da gases. Y no
querrás un dragón lanza-fuegos
con gases.)

Cada noche le daría un baño a mi dragón. La hora del baño sería divertida.

A veces.

Elegiría los libros que no le dieran pesadillas y se los leería hasta que se quedara dormido.

Luego lo arroparía y le daría las buenas noches. Y dormiríamos juntos. Mi dragón y yo solamente.